El Pampinoplas

Consuelo Armijo

PREMIO EL BARCO DE VAPOR

ediciones **sm** Joaquín Turina 39   28044 Madrid

Primera edición: Abril 1980
Segunda edición: Marzo 1981
Tercera edición: Diciembre 1981
Cuarta edición: Octubre 1982
Quinta edición: Abril 1983
Sexta edición: Junio 1984
Séptima edición: Marzo 1985
Octava edición: Diciembre 1985
Novena edición: Julio 1986
Décima edición: Noviembre 1986

Ilustraciones y cubierta: *Antonio Tello*

© Consuelo Armijo, 1979
   Ediciones S.M.
   Joaquín Turina, 39 - 28044 Madrid

Distribuidor exclusivo: CESMA, S.A.
   Aguacate, 25 - 28044 Madrid

ISBN: 84-348-0828-5
Depósito legal: M-35783-1986
Fotocomposición: Tecnicomp
Impreso en España / *Printed in Spain*
Imprenta S.M. - Joaquín Turina, 39 - 28044 Madrid

—Cuéntame un cuento —dijo Inés.

Pero como era muy tarde no se lo conté.

—Otro día —le prometí—, otro día te lo contaré.

Y aquí lo tienes, Inés.

Lo escribí para que saliera mejor.

Este cuento es para ti.

1. Las carreras

NADA por la derecha, nada por la izquierda, solamente hierba y algunas vacas. El coche rodaba y rodaba.

—Pero, ¿dónde vive el abuelo?

—En mitad del campo, te lo he dicho mil veces —le contestó a Poliche su madre.

Era verdad, pero lo que Poliche quería saber era que dónde estaba *la mitad del campo*, y que cuándo iban a llegar. Pero su madre siempre le contestaba lo mismo, porque Poliche siempre hacía la pregunta de la misma manera y no se entendían el uno al otro.

Por fin, allí, lejos, donde debía ser la *mitad del campo,* se vio un tejado de paja, unas ventanas con persianas azules y unas paredes blancas. ¡Era la casa del abuelo!

El abuelo salió a recibirles.

—¿Conque este mocito es mi nieto? —dijo, mirando a Poliche con curiosidad—. ¡Hay que ver lo que he dado de sí! —y pareció que se ponía orgulloso.

Poliche también miró a su abuelo con curiosidad para ver por dónde había dado de sí, pero por más que se fijó sólo vio un viejecillo más bien encogido. Claro que esta vez no preguntó nada, porque tenía la vaga impresión de que tampoco le iban a contestar bien.

El abuelo y la madre hablaron durante un gran rato. Poliche se entretuvo en deshacer su equipaje. Su nueva habitación era pequeña, abuhardillada, muy bonita. En el techo había una ventana y estando tumbado en la cama se podía ver el cielo.

—Bueno, adiós, Poliche, hijo —dijo su madre, besándole mucho—; espero que te diviertas con el abuelo.

El abuelo se enfadó:

—¿Tú lo esperas? —chilló—. Pues yo estoy seguro. Sería el primero que se aburriera conmigo. ¡Pues no faltaba más!

La madre no discutió, se marchó sonriendo y Poliche se empezó a divertir.

—¿Sabes inflar globos? —preguntó el abuelo.

—Claro —contestó Poliche.

El abuelo sacó un cajón de coca-colas que estaba lleno de globos desinflados.

—Pues manos a la obra.

—¿Es que vamos a dar una fiesta? —preguntó Poliche.

—No —contestó el abuelo—, vamos a organizar una carrera.

¡Qué día! Es que Poliche no se enteraba de nada.

El abuelo iba atando todos los globos inflados con el mismo cordel y un nudo muy ligero, pero antes les metía una piedrecita dentro.

—Es para que no vuelen. En las carreras está prohibido volar —explicó.

Poliche ni chistó ante esta nueva información.

Luego, el abuelo trajo una caja de zapatos que estaba llena de coca-colas, y bebieron.

—Es preciso beber coca-cola después de inflar globos —dijo el abuelo— para recuperar el aire que hemos soltado.

—¿Eh? — se aventuró a preguntar Poliche.

—Todas las burbujas de la coca-cola están llenas de aire —explicó el abuelo.

—¡Ah! —dijo Poliche, que esta vez había comprendido.

—Y ahora —dijo el abuelo—, a ver la carrera.

—¡Oh! —dijo Poliche emocionado.

—Oye, niño, ¿es que te enseñaron el abedecedario en jueves?

Y como Poliche no entendió bien la

pregunta, se puso nervioso y contestó:

—Uh, uuh.

Pero el abuelo entendió la respuesta. Eso quería decir que sí, que lo había aprendido en jueves. Pero no le importó, lo cual era normal, dado que la cosa no tenía importancia; lo anormal hubiera sido que le hubiera importado.

Los globos ya estaban alineados delante de la casa.

—¿Por qué globo apuestas?

—Por el anaranjado.

—Pues yo por el azul.

El abuelo dio un tirón del cordón con que estaban atados, los nudos se deshicieron y los globos empezaron a correr mientras se desinflaban.

—¡Azul, azul! —gritaba el abuelo.

—¡Anaranjado, anaranjado! —gritaba Poliche.

¡¡Y ganó el verde!!

—¡Hemos perdido, pero nos hemos divertido! —gritaba el abuelo mientras preparaba la cena—. ¡Hemos perdido, pero nos hemos divertido! —gritaba entre cucharada y cucharada de sopa, cada vez más entusiasmado—. ¡Hemos perdido, pero nos hemos divertido! —seguía gritando ya en pijama a punto de meterse en la cama.

—Oye, abuelo —preguntó Poliche, que había estado pensativo todo el rato—. ¿Por qué los globos empezaron a correr cuando deshiciste el nudo?

—Porque el aire, al salir por detrás los empuja hacia adelante —explicó el abuelo—. ¡Ja, ja, ja! Los sabios llaman a eso el *principio de la acción y de la reacción.* ¡Ja, ja, ja! Qué nombres se les ocurren. —Y el abuelo se metió en la cama y se durmió en seguida, agotado de haber chillado tanto.

Poliche tampoco tardó mucho en dormirse en su cama, desde la que se veía el cielo.

2. Un fracaso

AL día siguiente vino Anacleta en una bicicleta a visitar al abuelo. Anacleta estaba furiosa porque el Pampinoplas le había quitado sus zapatillas.

—¿Has barrido bien debajo de la cama? —preguntó el abuelo.

—¡Sí, y no están ahí!

—Pues a lo mejor es que las has metido en el horno sin darte cuenta.

Anacleta se volvió hacia Poliche en busca de comprensión:

—Tu abuelo cree que el Pampinoplas no existe, pero ¡vaya que sí!

—Y ¿cómo es? —preguntó Poliche.

—Pues nadie lo ha visto, pero se cree que muy feo.

—Ni caso, hijo, ni caso —dijo el abuelo, y cambiando de conversación añadió—: Oye, Anacleta, me gustaría dar una fiesta para mi nieto. ¿Por qué no les dices a los niños de tu pueblo que vengan?

—¿Qué niños? —exclamó Anacleta.

—Todos —contestó el abuelo.

—Bueno, es que el uno sólo tiene tres meses, y el otro está con el sarampión.

El abuelo se quedó pasmado.

—Ya sólo quedamos viejos en los pueblos, Agapito (éste era el nombre del abuelo), ya sólo quedamos viejos.

Don Agapito se puso triste.

—No te preocupes por lo de la fiesta, abuelo —dijo Poliche cuando Anacleta se hubo marchado—. En vez de eso podías comprarme una bicicleta.

Y don Agapito se volvió a poner contento.

—¿Te gustaría eso? Pues esta misma tarde vamos por ella.

Ahora fue Poliche el que se puso muy requetecontentísimo. ¡Una bicicleta! ¡Vaya suerte!

Nada más comer, abuelo y nieto se dirigieron al mercado. Poliche se subía a todos los árboles de puro nervioso que estaba, mientras don Agapito, que caminaba más despacio, iba detrás cantando cuplés.

—Elige la que quieras, hijo; elige la que quieras —dijo el abuelo cuando llegaron al puesto de bicicletas.

Poliche eligió una preciosa que se parecía a la de Anacleta.

—Tenga —dijo el abuelo dando un billete de cien pesetas al vendedor—, y quédese con la vuelta para celebrar la llegada de mi nieto.

El vendedor se quedó boquiabierto.

—¡Señor, señor! —gritó al abuelo, que ya se iba tan contento con Poliche—. Que esta bicicleta vale tres mil pesetas, y aquí sólo van cien.

—¿Cómo es posible? Si en mis

tiempos sólo valían diez. Por mucho que hayan subido.

—Ha llovido mucho desde sus tiempos, abuelo —dijo el vendedor, quitando la bicicleta a Poliche y devolviendo las cien pesetas al abuelo—. Ha llovido mucho.

—Válgame Dios, válgame Dios —iba diciendo el abuelo mientras caminaba de vuelta de la mano de Poliche.

—Válgame Dios, válgame Dios —iba diciendo también Poliche. Y en esto tuvo una idea—: Abuelo, a lo mejor podemos fabricar una con ese carro viejo que tienes en el patio.

3. *La bicicleta*

LA bicicleta salió algo original, pero andaba que se las pelaba. Me refiero sobre todo a cuando iba cuesta abajo.

—¡No vayas tan deprisa, Poliche, y tira de la cuerda hacia la derecha! —gritaba el abuelo, que iba sentado en la parte de atrás.

El abuelo y Poliche habían trabajado mucho para hacer la bicicleta. Todo salió a la primera, menos algunas menudencias: por ejemplo los pedales, que en vez de menear las ruedas meneaban el asiento arriba y abajo, arriba y abajo. Poliche se había pasado horas pedalea que te pedalea subiendo y bajando, subiendo y bajando.

—Te vas a marear —decía el abuelo—; quita, quita que lo voy a arreglar.

Y don Agapito, después de pensarlo mucho, decidió suprimir las dos cosas: los pedales y el asiento.

—No sirven —dijo.

Poliche se quedó algo chafado, pero entonces comprobó que el manillar torcía las ruedas de tal manera que la bicicleta se ponía a dar vueltas y vueltas como un tiovivo.

—¡Qué barbaridad! —decía el abuelo, viendo a Poliche girar y girar. Y en esto—: ¡No sirve! —dijo, y de un manotazo arrancó el manillar.

Poliche se cayó sentado.

—Pero no te preocupes, hijo —dijo el abuelo al ver la cara algo mustia de Poliche—, que esto lo arreglo yo.

Y como el abuelo entendía mucho de principios de acción y reacción y cosas parecidas, armó una vela con sábanas viejas, las varas del carro y unas cuantas cuerdas.

—Si hay barcos de vela, ¿por qué no va a haber bicicletas también?

¡Y resultó que funcionaba!

—Súbete, Poliche, que vamos a devolver la visita a Anacleta —dijo el abuelo.

Al principio iba despacito. Poliche miraba el paisaje, que era muy bonito, pero fue coger la cuesta abajo y... ¡Jesús, qué despendolo!, ni paisaje ni nada se podía ver a esas velocidades.

La bicicleta iba por los aires cuando entraron en el pueblo.

—¡Mamá, mamá, mira: un cocodrilo que vuela! —dijo Carlos, el niño que tenía sarampión y al que habían colocado al lado de la ventana para que se entretuviera viendo los gorriones.

—¡Frena, Poliche, frena, que nos pasamos! —chillaba el abuelo.

Poliche por fin logró frenar y la bicicleta aterrizó.

—Pero niño, ¿qué dices? —dijo la madre de Carlos—, si eso no es un cocodrilo, es un hipopótamo.

Pero enseguida salieron el alcalde

y Anacleta y reconocieron al abuelo, que se estaba apeando.

—¡Agapito! —chilló Anacleta llena de alegría.

Al poco, el pueblo entero rodeaba la bicicleta. Sólo faltaba doña Rufina, que estaba muy enfadada porque el Pampinoplas le había quitado su cepillo de dientes y no quería ver a nadie.

El alcalde y Anacleta querían convidar al abuelo y a Poliche a merendar, y el abuelo estaba hecho un lío, porque no quería desairar a ninguno. Fue Poliche el que solucionó el problema:

—Pues primero vamos a casa de uno y luego a la del otro.

Y así lo hicieron. A Poliche le gustó más la merienda que le dio Anacleta, porque había helado de fresa.

Luego fueron a ver a Carlos, el niño enfermo, y jugaron con él tres partidas de parchís y dos de oca.

Al atardecer, el abuelo y Poliche se dispusieron a marcharse.

Todo el pueblo, incluida doña Rufina, que ya estaba mejor de la rabieta, salió a despedirlos.

Poliche y el abuelo se montaron en la «bicicleta». Todos contuvieron el aliento.

Y pasó..., y pasó..., bueno, para resumir, pasó que como apenas había aire y el camino era cuesta arriba, la bicicleta no se movió y tuvieron que regresar en autobús.

4. Exploraciones peligrosas

POLICHE estaba ocupadísimo: ¡se había hecho explorador! ¡Si supierais todo lo que había recorrido montado en la bicicleta cuando hacía viento y tirando de ella cuando no lo hacía! Había descubierto montañas y praderas que (él estaba seguro) nadie sabía que existían. Sólo le entraron grandes dudas un día que encontró en el suelo una cajetilla de cigarrillos vacía. Pero el abuelo le dijo que seguramente la habría traído el viento desde algún lejano lugar habitado.

Al anochecer, volvía a su casa, y contaba todo lo que había visto al abuelo, y entre los dos estaban haciendo un mapa en el que quedaba todo bien marcado, hasta las flores y los nidos de los pájaros. «Un mapa detallado», como decía el abuelo.

Pero había cosas que Poliche no le contaba, no fuera a ser que se asustase: por ejemplo, que un día, para abrirse camino, tuvo que romper una tela de araña, y entonces apareció la dueña (de la tela, claro), una araña con más patas que las demás arañas, ¡que ya es tener patas!, y por un hilito empezó a subir hacia la mano de Poliche para picarle. ¡Debía de estar muy enfadada! Poliche sacudió la mano e intentó romper el hilo, pero la araña subía y subía. Por fin, con gran valor, Poliche le dio un papirotazo y la araña se cayó. Pero nada más poner sus numerosas patas en el suelo, empezó a menearlas muy deprisa persiguiendo a Poliche. Bueno, y lo emocionante de todo este asunto es que, a pesar de su gran desventaja, pues él sólo tenía dos piernas, Poliche logró escapar.

Luego se encontró con un ratón de campo la mar de salao, quiso hacerse amigo suyo y logró atraparlo con la mano. Pero no debía de ser un ratón muy sociable, porque le mordió y, en cuanto pudo, se marchó sin despedirse ni menear el rabo, ni nada.

Otra vez que fue hacia el este (el oeste ya lo tenía casi explorado) descubrió un sitio precioso entre dos montañas; como la hierba era muy alta, Poliche pensó en ponerle el nombre de *El Paraíso de las Vacas* y estaba tan entretenido viendo saltar hierbas a un saltamontes, cuando en esto, ¿qué diréis que apareció?, pues una enorme vaca que le miró fijamente.

—¡Una vaca salvaje! —exclamó Poliche.

Y como nunca se sabe cómo van a reaccionar los animales que jamás han tenido contacto con la civilización (acordaos de lo que le pasó con el ratón), corrió a refugiarse detrás de unas peñas, pero tanta prisa se dio, que perdió un zapato.

—Hay que recuperarlo —pensó Poliche.

Así que, con mucha precaución, salió de detrás de las peñas y, muy despacito, sin hacer ruido, se dirigió al zapato. La vaca le miraba sin menearse, sin pestañear, hasta parecía una buena vaca, pero justo cuando Poliche agarraba el zapato, dijo:

—Muuuuu.

Poliche echó a correr, metió el pie en un hoyo y ¡perdió el otro zapato!

Detrás de las peñas, donde se había vuelto a refugiar, esperó un poco a que se calmaran los ánimos. Luego volvió a salir al rescate de los zapatos.

La vaca se había echado y ni siquiera le miraba. Muy envalentonado ante el cariz que estaban tomando los acontecimientos, Poliche se puso los zapatos en las mismas narices de la vaca, y luego empezó a llamar:

—Vaca, vaquita, bonita.

Pero la vaca, ni caso.

Entonces se puso a hacerle burla y, en esto, detrás de él sonó:

—Muuuuu.

Poliche dio un respingo, y al instante siguiente estaba otra vez en su refugio detrás de las peñas.

Desde allí vio un ternero que corría hacia la vaca y se echaba a su lado.

Oscurecía ya y Poliche pensó que era hora de volver a casa. La vaca y el ternero, juntos, habían dejado de parecerle animales peligrosos. Poliche salió de su refugio, saludó con la mano al ternero, que le miraba, se subió a la bicicleta y ¡de vuelta al hogar!

Allí le esperaba una sorpresa. Un vendedor ambulante acababa de pasar y el abuelo había comprado una carraca, pipas, caramelos y un molinillo de viento.

5. ¿Quién sería?

PERO mucho más emocionante fue lo que le pasó en una llanura del sur. Había ido andando y estaba cogiendo hierbabuena para hacer salsa de menta, cuando he aquí que un montón de hierba se empezó a menear. Se movía hacia adelante, hacia atrás, luego hacia la derecha, luego hacia la izquierda. Poliche nunca había visto una cosa así. Se acercó a ver si había una vaca debajo, pero no había nada; en cambio, un bulto se escondió en ese momento detrás de un árbol.

Poliche decidió obrar con precaución y no ser tan atolondrado.

—¡Hombre, animal o cosa, te conjuro a que muestres tu faz! —dijo tal y como lo había leído en un libro.

—Bee, bee —fue la respuesta.

Pero eso no podía ser. Las ovejas son blancas y el bulto era azul.

Se acercó muy despacito al árbol y...

—Io, io —rebuznó alguien detrás de otro árbol más lejano. En el que Poliche estaba mirando ya no había nada.

¡No cabía duda! ¡Era el Pampinoplas,que estaba haciendo de las suyas!

Para ser realistas, a Poliche le entró mucho más miedo que si hubiera sido otra vaca, pero también mucha más emoción. Nadie había visto al Pampinoplas. ¿Cómo sería?

Poliche se hizo el distraído, como si no hubiera oído nada, y empezó a pasearse con disimulo, haciendo que estaba muy interesado en el color de sus zapatos que, por cierto, eran marrones; en esto, cuando estaba cerca del árbol, se volvió de repente... El burro se marchó corriendo, digo trotando.

Poliche sólo pudo ver sus orejas. ¡Eran orejas de burro!

Pero el animalito se equivocó, porque desde un seto donde se había escondido empezó a hacer:

—Roc, roc —enteramente como un cerdo.

Poliche debió de poner una cara rarísima, porque el cerdo soltó la carcajada.

—Ja, ja, ja.

—¡No me has engañado! —chilló Poliche—. Eres el Pampinoplas, que tienes orejas de burro.

Pero entonces el cerdo echó a correr. Poliche pudo ver su rabo. ¡Era un rabo de cerdo!

—Kikirikí —gritó el cerdo, que se había subido a un árbol.

Ahora el que se echó a reír fue Poliche, porque el gallo se había equivocado y asomaba entre las ramas unas orejas de conejo; pero el conejo se debió de dar cuenta y se escondió enseguida.

—Conejo, yo te conjuro a que bajes

del árbol —dijo Poliche, erre que erre.

—No me da la gana —gritó el gallo dejando ver su altiva cresta.

Poliche comprendió. Eran unos dedos en forma de cresta y, a pesar del miedo, bueno, que ya no era miedo, era remusguillo, reía.

—¿Quién te enseñó a hacer esas cosas?

Mas entonces oyó un rugido espantoso, y el remusguillo se volvió a convertir en miedo, y Poliche retrocedió y no pudo oír lo que el león le contestaba. Pero en realidad, si no hubiera retrocedido tampoco lo hubiera oído, ya que el león no contestó nada por considerar la pregunta muy indiscreta.

Cuando Poliche volvió a acercarse, todo estaba en calma, no había nadie en el árbol.

—¿Dóndo estás? —preguntó.

Pero nadie le contestó. Poliche empezó a buscar con precaución y en esto:

—Cua, cua —se oyó.

Poliche corrió hacia un charco y... una rana bastante gorda y fea le miró un momento con sus ojos saltones. Luego dio un salto y desapareció sin saludar. ¡Era una verdadera rana salvaje! El Pampinoplas, o quien quiera que fuese, había desaparecido.

Cuando esta vez llegó a casa, Poliche no se pudo contener y contó todo a su abuelo.

—¡Verdaderamente es muy sorprendente! Qué manera tan rara tienen de comportarse los animales salvajes —dijo don Agapito meneando la cabeza.

—No podían ser animales. ¿No te he dicho que hablaban y se reían?

—¡Vaya usted a saber, vaya usted a saber! —decía el abuelo—. ¿A ver si alguien se nos ha adelantado esta vez en descubrir la llanura?

Esto fue un duro golpe para Poliche.

—¡No! —dijo de repente—. ¡Ya sé quién era! ¡Un indígena!

—Puede ser —dijo el abuelo.

¡Claro! ¿Cómo no se le había ocurrido antes? ¡Tenía que ser un indígena! Y... el Pampinoplas era un indígena de los campos, puesto que no habitaba en ningún sitio civilizado.

6. *Los juegos del abuelo*

QUE sí, que sí, que sí —decía el abuelo—, que yo también he sido un niño como tú.

Poliche se quedó de una pieza.

—Y ¿cuándo fue eso? —preguntó.

—Antes de convertirme en viejo. El mundo da muchas vueltas.

—Sí, ya lo sé, alrededor del sol —dijo Poliche, que lo había leído en un libro. ¡Y él que había pensado que era mentira!

—No quiero decir eso —chilló el abuelo—, quiero decir que yo ya no soy el que era, ni era el que soy.

Poliche empezó a armarse un lío.

—Pero tú siempre has sido el abuelo.

—No, verás, verás —y don Agapito sacó una cosa que después de quitarle el polvo resultó ser un álbum de fotos—: ¿Ves? —dijo señalando un niño vestido de marinero—. Ese soy yo; quiero decir, era yo.

Poliche apenas se lo podía creer.

—¿Y también te llamabas Agapito?

—Sí, eso sí, por desgracia —contestó el abuelo.

Poliche empezó a mirar la foto y luego al abuelo, y luego la foto, y luego al abuelo, y de repente le pareció que el abuelo iba vestido de marinero y que el niño de la foto tenía el pelo blanco y que...

—Yo creo que me parecía mucho a ti —dijo el abuelo, que tenía su jersey verde de siempre.

—No, no, abuelo, te pareces a ti —dijo Poliche, y entonces preguntó—: ¿Y tú también tenías una bicicleta?

—No, yo tenía un cerdo.

—¡Un cerdo! ¿Y montabas en él?

—Sí, a mí me hubiera gustado más tener un caballo, pero hay que reconocer que el cerdo tiene sus ventajas. Por ejemplo, si te caes, siempre es desde más bajo.

—¿Montabas mucho?

—Sí. Un día quise ir muy lejos, muy lejos, donde parecía que el cielo se juntaba con la tierra, y convencí a mi amigo Luis para que viniera conmigo. «Entraremos en el cielo, verás lo bonito que es», le decía. Así que cogimos dos cerdos sonrosados y empezamos a cerdear y a cerdear hacia el cielo, pero en cuanto el sol se puso, nos dimos la vuelta y empezamos a cerdear y cerdear hacia casa.

—¿Por qué hicisteis eso, abuelo? —dijo Poliche. Y de repente—: ¡Ay! —gritó.

—¿Qué te pasa?

—He visto una sombra.

El abuelo se asomó a la ventana.

—Serán las ramas de los árboles. —Y

continuó—: Pues nos volvimos porque nos dimos cuenta de que el cielo y la tierra no estaban juntos, si no, ¿cómo iba a pasar el sol entre ellos? Luis iba furioso. «Eres un tonto retonto», me decía. Pero yo no me di por vencido, y en cuanto llegué a casa pinté todo mi cuarto de azul. Quedó precioso, parecía el cielo. Al techo hasta le pinté estrellas.

—¡Ay! —dijo Poliche.

—¿Pero qué te pasa?

—He oído un ruido.

El abuelo no se lo quería creer.

—¡Que sí, abuelo, que sí; por ahí fuera!

Don Agapito y Poliche salieron a ver qué pasaba. Fuera no había nadie, pero escrito en el árbol que estaba enfrente de la casa había las siguientes palabras: «Tonto el que lo lea».

—¡Qué extraño! —dijo el abuelo.

—Ha sido el Pampinoplas —pensó Poliche.

—Habrá que pintar el árbol de azul.

—¡Sí, sí, sí! —dijo Poliche.

7. *La persecución*

AL día siguiente apenas había amanecido, cuando Poliche notó que algo raro pasaba, porque en el piso de abajo las persianas se habían abierto solas y no hacían más que dar golpes, y cuando se asomó vio a su abuelo corriendo como un loco detrás de un par de calcetines que había tendido el día anterior.

—¡Menudo vendaval! —comentó don Agapito—. Poliche, hijo, yo creo que hoy no debes salir a explorar, porque con este viento igual llegas a Moscú, y luego no sabes volver. Además, ¡fíjate cómo llueve!

Era verdad, del cielo caía venga de

agua que daba en el tejado y bajaba por las paredes de la casa del abuelo, a la que, por cierto, le pasaba igualito que al patio de la canción: que cuando llovía se mojaba como los demás. ¡Ah!, y para más casualidad, la casa también era particular.

—Bueno —dijo Poliche, sentándose en una silla y sin saber qué hacer.

—¿Te he hablado de don Felipito?

—No —contestó Poliche animándose.

El abuelo le iba a contar una historia.

—Pues es un señor que tiene muy mal genio. Es el único habitante de Repazote de Abajo, un pueblo no muy lejos de aquí, del que todo el mundo se fue, huyendo de una invasión de moscas. Mas él, terco que terco, que ahí se quedaba, y con un garrote acabó matándolas a todas. Pero de tanto matar moscas y de tanto estar solo ¡se le ha puesto un humor!... No resiste la menor broma. Fíjate que un día... un día, un día... rrrrr.

¡El abuelo se había quedado dormido!

—¡Válgame Dios! —comentó Poliche.

Como el viento hacía crujir las maderas, la casa se llenó de crujidos. Pero en esto también se oyó ruido de cacharros en la cocina, y eso era muy sospechoso: el viento no suele hacer ruido de cacharros. Poliche sintió algo raro (no sé si sería miedo), pero enseguida pensó que, quizás, averiguar lo que pasaba iba a ser más emocionante que descubrir ríos. De puntillas se dirigió a la cocina, abrió la puerta y vio que había un plato y una cuchara manchados, y que el puré de lentejas que estaba preparado para la comida había desaparecido; entonces ¡plas!, alguien salió de la casa dando un portazo. ¡Qué indelicadeza estando el abuelo dormido!

Poliche corrió a la ventana a ver quién era y vio un hombre que, montado en la bicicleta, se marchaba a toda velocidad.

Naturalmente, Poliche se puso nerviosísimo.

—¡Abuelo, abuelo, que el Pampinoplas se lleva nuestra bicicleta! —gritó entrando como una tromba en el cuarto de estar.

—Brrrr, brrrr —contestó el abuelo, que a pesar de lo muy desfavorables que le estaban siendo las circuntancias, no tenía ningunas ganas de despertarse.

Ante semejante respuesta, Poliche se puso más nervioso todavía. Dio un brinco, tres estornudos, volvió a entrar en la cocina, cogió el cuchillo de partir el pan, se lo metió debajo del jersey y salió a capturar al malvado y perverso Pampinoplas.

El Pampinoplas siempre usaba unos zapatos especiales que él mismo fabricaba y que no dejaban huellas. Pero no se dio cuenta de que la bicicleta la habían fabricado Poliche y su abuelo, y sí que dejaba huellas, sobre todo si había barro. Así que Poliche empezó a seguir esas huellas. Ya no llovía, pero el cielo seguía nublado y no lucía el sol. Poliche tuvo que cruzar un bosque que estaba tan oscuro como la boca de un lobo (o la de un león, que es igual de oscura aunque no tiene tanta fama) y luego pasó por un túnel que había debajo de una montaña, y que estaba tan negro como una mora madura, o un señor de Africa, o un traje de luto (sólo que sin botones).

En esto llegó a un matorral muy espeso y parecía que la bicicleta lo había atravesado. Poliche intentó separar sus ramas y «tan tan» hizo el matorral, lo cual era bien extraño, pues los matorrales generalmente hacen «cri cri». Y como Poliche intentara otra vez abrirse camino, el matorral hizo «toc toc». Verdaderamente pasaba algo raro.

—¿Quién anda ahí? —bramó una voz.

—Soy un niño perdido— contestó Poliche prudentemente.

Apenas lo acabó de decir, cuando el

matorral se abrió y apareció un hombre de pelo blanco y cara arrugada. Y es que aquello no era un matorral, sino una casa a la que el ladino Pampinoplas había pintado de matorral para despistar y para que nadie adivinara dónde vivía.

El Pampinoplas miró a Poliche, y cien rayos de ira y doscientos truenos de rabia pasaron por sus ojos. ¡Figuraos cómo se pondría de feo!

—Pues me ha fastidiado el crío. ¿No va y descubre mi escondite?

Pero en esto su expresión cambió.

—¿Y quién es tu padre, niñito? —preguntó con una maligna sonrisa.

«Va a pedir un rescate por mí», pensó Poliche, que no era tonto. Y sin titubear dijo:

—Don Felipito, el de Repazote de Abajo.

¡Pues sólo faltaba que fuera otra vez el Pampinoplas de él y despertara al abuelo!

El Pampinoplas se puso muy contento.

—Pasa, pasa, queridito —dijo a Poliche.

Y como Poliche no quería pasar, le dio una patada en el trasero y le metió dentro.

Poliche se puso muy furioso.

—¡Pues no me has hecho ningún daño, ea! —dijo para que se chinchara.

Pero el Pampinoplas no se chinchó porque estaba muy ocupado revolviendo en un gran armario donde tenía muchas cosas (robadas la mayoría).

—A ver, sonríe —dijo el Pampinoplas, que había sacado una máquina de fotos de revelado instantáneo.

A pesar de que a Poliche «no le había dolido» la patada, pensó que era más prudente sonreír, aunque ganas no tenía ninguna.

—¡Flas! —hizo la máquina.

Y al instante salió la foto de un niño que, por cierto, en vez de boca parecía que tenía una raja de melón.

—Ahora escribe esto por detrás, por

favor —dijo el Pampinoplas, dándole un bolígrafo—: «Papaíto, cuando recibas esta foto baila un rato la raspa para divertir a este señor, pues aunque es muy simpático y estoy muy a gusto con él, a lo mejor, si no, se enfada y no me deja volver». Y luego firmas.

Como esta vez se lo había pedido por favor, Poliche escribió. Mas, de puro bien que lo quiso hacer, se equivocó y, en vez de «aunque es muy simpático y estoy muy a gusto con él», puso: «pus es un brutispático y estoy muy aguantado con él». Pero como el Pampinoplas apenas lo miró, no se dio ni cuenta.

—¿Me voy a quedar yo solo aquí? —dijo Poliche, al ver que el Pampinoplas se marchaba.

—Pues es verdad, más vale que te encierre en el trastero, no vaya a ser que hagas alguna barrabasada —contestó el Pampinoplas.

Y de otra patada metió a Poliche en el trastero.

—Requetebrutispático —chilló Poliche, que estaba requeteaguantado.

Mas el Pampinoplas ni lo oyó. Se montó en la bicicleta dispuesto a partir hacia Repazote de Abajo, pero como no había viento, la bicicleta ni se movió y se tuvo que ir a pie.

Poliche, que lo estaba viendo todo por una rendija, se alegró muchísimo. En cuanto el Pampinoplas se alejó dos pasos, sacó de debajo del jersey el cuchillo de cortar el pan y se puso a cortar la puerta, lo cual no os creáis que era una tarea fácil, pues las puertas son mucho más duras que el pan.

8. El Pampinoplas

EL Pampinoplas no tardó mucho en llegar, porque Repazote de Abajo estaba cerca de su escondrijo. Enseguida encontró a don Felipito, que estaba pelando patatas a la puerta de su casa, sin dejar por eso de tener el garrote cerca, «por si las moscas».

El Pampinoplas se plantó delante de él, le enseñó la foto y rió con una gran impertinencia:

—Ja, ja, ja.

—Jo, jo, jo —dijo don Felipito dándole con el garrote en la cabeza.

—¡Ay! —chilló el Pampinoplas.

Apenas se había repuesto de la sorpresa, cuando don Felipito reconoció el reloj de pulsera que el Pampinoplas llevaba puesto. ¡Era suyo!

—¡El Pampinoplas! —gritó.

El pobre Pampinoplas tuvo el tiempo justo de echar a correr antes de que don Felipito se le tirara encima, pero don Felipito echó a correr detrás.

Y corre que corre, el Pampinoplas iba pensando:

—El chico me ha mentido. Don Felipito no es su padre. Me ha tomado el pelo y me las va a pagar.

Y entonces se metió en un bosque para despistar a don Felipito y poderse escapar, y, cuando creyó que éste no le veía, se dirigió a su casa.

Estaba ya llegando al matorral, cuando vio a lo lejos un hombre con un garrote, que corría hacia él.

—¡Válgame Dios, qué tío tan terco! —pensó el Pampinoplas—. Si entro en mi casa, me delato. Tendré que seguir corriendo.

Y así lo hizo.

Al poco rato pasó por ahí don Felipito, y le extrañó mucho que un matorral se abriera. Tanto le extrañó que, olvidándose del Pampinoplas, entró.

Y mientras tanto, ¿qué había sido de Poliche? Pues Poliche había logrado hacer un boquete en la puerta y, metiendo la mano por allí, había conseguido abrirla. Luego pegó el trozo de madera que había arrancado con un poco de saliva, para que el Pampinoplas viera lo bien educado que estaba, y en ese momento se disponía a marcharse con la bicicleta. Pero al oír que alguien entraba, se escondió detrás de una cortina.

Don Felipito seguía extrañadísimo, y empezó a fisgarlo todo. Primero miró en el armario, luego en la cocina, luego se metió en el trastero, y entonces ¡plaf! la puerta se cerró y alguien echó la llave.

—¡Donde las dan las toman! —gritó Poliche, echando más saliva en el boquete para taparlo bien, pues estaba convencido de que había encerrado al Pampinoplas.

Y se disponía de nuevo a salir, cuando otra vez oyó que alguien entraba y volvió a esconderse detrás de una cortina.

—¿Quién será? —pensó Poliche.

La inconfundible voz del Pampinoplas resonó en la casa-matorral.

—¿Estás ahí, desvergonzado? —dijo golpeando la puerta del trastero—. Pues prepárate que te voy a dar una paliza.

—Estoy preparado —contestó una voz.

El Pampinoplas entró y... ¡Jesús bendito!, Poliche creyó que el mundo se derrumbaba.

—¡Ay la que se deben de estar atizando! —pensó horrorizado.

Y como se dijo que en un caso semejante la ley de la no intervención era la más sabia, cogió la bicicleta y se marchó. Primero a pie, pero luego empezó a soplar un vientecillo muy agradable, así que se montó y utili-

zando como raíles las huellas que hiciera antes el Pampinoplas, se plantó en un pispás en casa de su abuelo.

9. Antiguos amigos

DON Agapito todavía dormía cuando entró su nieto.

—¡Abuelo, abuelo! —gritó Poliche sin poderse contener.

—¿Qué? —dijo el abuelo, abriendo los ojos.

Y sin casi darle tiempo a que se despabilara, Poliche le contó todo lo que había pasado.

—No es posible, no es posible —decía el abuelo— ¿Pero qué hora es?

—La de comer. ¡Tengo un hambre!...

—Pues no hay comida. Prepárate, que nos vamos.

—¿A un restaurante?

—No seas bruto, Poliche. Donde nos vamos es al matorral. ¿No ves que a lo mejor se han abierto la cabeza? Coge la botella de alcohol y el algodón.

Poliche obedeció y cogió también un paquete de tiritas, pues pensó que algún rasguño se habrían hecho.

Abuelo y nieto se montaron en la bicicleta y volvieron al matorral. Por el camino se encontraron con don Felipito, que iba muy contento con un chichón en la cabeza, el reloj que el Pampinoplas le había quitado y, además, un par de lechugas que le había quitado al Pampinoplas.

Como parecía que el chichón no era grave, Poliche y el abuelo continuaron el camino.

Y llegaron al matorral que, por cierto, estaba del revés. Apoyado en la pared, muy mareado, sin saber a ciencia cierta lo que había pasado, estaba el Pampinoplas.

El abuelo le miró y se quedó lívido. Luego sus ojos se llenaron de lágrimas.

—Luis —dijo—. Luis, soy yo, Agapito.

—¿Agapito? —dijo el Pampinoplas. Y entonces miró al abuelo—. ¡Agapito! —dijo levantándose y volviéndose a caer, más mareado que un pato mareado, que cuando se marean hay que ver lo mareados que se quedan—. ¡Cuánto tiempo sin verte!

Entre el abuelo y Poliche curaron al Pampinoplas. Poliche pegó muchas tiritas.

—¡Pero Luis! ¿Cómo has podido convertirte en el Pampinoplas? ¡Y yo que creía que te habías hecho marino!

El Pampinoplas dijo que sí, pero que cuando le retiraron se aburría mucho, y que no sabía cómo empezó a hacer barrabasadas.

—Pero eso no puede ser, tienes que dejar eso.

Mas el Pampinoplas no le escuchaba, porque se había fijado en Poliche, y estaba muy nervioso preguntándose que por dónde se había escapado, y que... quién era su padre.

—¡Déjale en paz! —gritó el abuelo—. Es mi nieto.

Y el Pampinoplas se calló muy achantado, porque él no tenía nietos.

Como la casa del Pampinoplas estaba del revés, el abuelo y Poliche le llevaron a la suya. Allí don Agapito improvisó una comida a base de patatas cocidas, y estuvo hablando mucho tiempo con el Pampinoplas sobre su infancia.

—¿Te acuerdas cuando jugábamos a subir las montañas a saltos? Acabábamos reventados.

—Bueno, pero también valía en uno de esos saltos montarte encima de otro para que te llevara a cuestas —dijo el Pampinoplas la mar de divertido—. Ja, ja, ja.

—Lo malo era si se montaban encima de ti —respondió el abuelo.

—No, lo malo era al llegar arriba, que como no había sitio nada más que para uno, los que estaban debajo le tiraban de las piernas para echarle y colocarse ellos, y el pobre tenía que estar dando saltos todo el rato para que no le pudieran agarrar, ja, ja, ja.

—Pues mi nieto es explorador.

—A ver si va a salir tan romántitico como tú. ¿Te acuerdas del día que quisiste ir al cielo?

El abuelo y el Pampinoplas siguieron hablando y el Pampinoplas se rió mucho. Pero luego se acabó la conversación, y entonces empezó a llorar porque no estaba contento de ser el Pampinoplas.

—¡Haber intentado raptar a tu nieto! —berreaba—. ¡Soy un bruto!

—Sí, eso es verdad —dijo Poliche.

Pero el abuelo le mandó callar.

—¿No ves que está arrepentido? Pero Luis —añadió, dirigiéndose a su amigo—, puedes empezar una nueva vida.

—No, ya es tarde. Lo que tengo es que empezar a buscar un escondite nuevo —y el Pampinoplas lloró más fuerte.

—Bueno, a echarse la siesta —dijo el

abuelo, al que tantas emociones le habían dado sueño otra vez—. Luego pensaremos.

Poliche y el Pampinoplas también se durmieron porque estaban cansadísimos. Serían las cinco cuando Poliche se despertó. El abuelo seguía dormido y el Pampinoplas se había escapado.

10. El traslado

EL abuelo estaba triste. Poliche lo notaba, lo cual no era muy difícil pues daba unos suspiros que partían el alma, y decidió poner fin a esta situación. Se decidió a buscar al Pampinoplas y pedirle que volviera a ver al abuelo. ¿Pero dónde encontrarle? En el matorral seguro que ya no estaba.

Buscó dentro de todos los matorrales, en todas las grutas que había descubierto, dentro de los troncos de árboles vacíos, en fin, en todos los sitios normales donde encontrar al Pampinoplas, pero en vano.

Poliche seguía buscando. No hacía

ni una brizna de viento, así que iba arrastrando la bicicleta y estaba muy cansado. Fue entonces cuando se le ocurrió que lo mejor era sentarse.

—Porque supongamos que sigo andando, y que me alejo de este lugar, y luego va el Pampinoplas y pasa por aquí. Pues entonces es cuando no lo veo.

Así que se sentó. Llevaba un rato ora esperando, ora desesperando que viniera el Pampinoplas, cuando ¿qué diréis que vio? Pues dos golondrinas que iban volando, y debajo de ellas ¡el Pampinoplas cargado con un baúl!

Poliche se escondió y cuando el Pampinoplas hubo pasado empezó a seguirlo. Pero hacía mucho ruido, y el Pampinoplas se dio cuenta y empezó a dar vueltas en redondo, y Poliche detrás, pero entonces Poliche se dio cuenta y se sentó a la sombra de un árbol. De vez en cuando hacía ruido para que el Pampinoplas creyera que continuaba siguiéndole, y el Pampinoplas venga a dar vueltas como un

molinillo. Pero en una de éstas vio a Poliche sentado tan ricamente, y le dio mucha rabia. ¡Con lo que estaba sudando él y lo que pesaba el baúl! Y sin que Poliche se diera cuenta, se sentó debajo de otro árbol.

Poliche no lo comprendía: ¡El Pampinoplas había llegado a un árbol y había desaparecido! ¡Eso era que se había escapado! ¡Estaba de camino hacia su nueva casa! Pero no podía estar muy lejos y Poliche echó a correr.

—¡Ja, ja, ja! —resonó en el aire.

Poliche se paró en seco.

—Quiero hablar contigo —chilló.

—Pues haberlo dicho antes. Ahora no puedo. Me has hecho perder mucho tiempo y tengo prisa.

—¿Ya tienes una casa nueva?

—No, tengo una casa vieja —contestó una voz que se alejaba.

—¿Dónde se te puede ver?

Pero no se entendía nada del murmullo que trajo el viento.

Poliche estaba decepcionado. Después de haber calculado bien el sitio donde sentarse, después de haber encontrado al Pampinoplas cargado con el baúl debajo de dos golondrinas, lo había vuelto a perder. Además, la culpa era suya: debía haberle saludado en vez de seguirle a escondidas.

Bueno, tendría que volver a probar suerte. Pero no fue así: la suerte vino a buscarle a él, y aquel mismo día.

Estaba por la tarde jugando a la oca con su abuelo, cuando llegó Anacleta en su bicicleta la mar de agitada.

—Agapito, ¿a que no sabes quién ha llegado al pueblo? Tu amigo Luis. Ha abierto la antigua casa de sus padres y dice que se va a quedar a vivir ahí y se va a dedicar a cultivar la huerta.

El abuelo sonrió y guiñó un ojo a Poliche.

11. ¡Por fin una fiesta!

UN día, el Pampinoplas, perdón, ya nadie le llamaba así sino Luis, vino en un carro tirado por cuatro cabras lecheras a charlar un rato con el abuelo.

Fue una pena que Poliche no lo viera, pero se había ido a descubrir algún lago. O, mejor todavía, a ver si el mar estaba por ahí cerca, para poderse bañar en verano (su madre le había dicho que pasarían todos un mes con el abuelo). Y cuando volvía, después de descubrir un charco en el que calculó que podría mojarse los pies y parte de la pantorrilla, el Pampinoplas, perdón, Luis, ya se había ido.

—¡Qué fallo! —comentó Poliche.

—Pues ha dicho que quiere dar una fiesta en tu honor. Está muy arrepentido de las patadas que te dio.

—No importa —dijo Poliche enseguida—, que no se preocupe por lo de la fiesta y que me compre unos patines.

—¡Pero, niño!, si la fiesta ya está organizada.

—¿Y quién va a ir?

—Pues Carlos, que ya está bueno, y otros niños.

El abuelo tenía mucha cara de guasa, y cuando Poliche le preguntó que quiénes eran esos otros niños, contestó: «El agua del mar es salada», lo cual no iba muy acorde, y cuando Poliche volvió a preguntar: «¿Tú los conoces?», el abuelo contestó: «A algunas personas les gusta más la cerveza que el vino», lo cual era desconcertante.

—Abuelo, ¿me estás tomando el pelo? —espetó Poliche, ya harto.

—Y tú ¿para qué preguntas, si lo vas a ver todo? La fiesta es el jueves a las cinco.

Y menos mal que el jueves era el día siguiente, que si no, a lo mejor Poliche revienta de curiosidad. Tal era el estado de nervios en que se puso.

Y al día siguiente, Poliche se montó en la bicicleta para ir a casa del Pampinoplas, digo Luis.

—Espera, que voy contigo —dijo el abuelo.

Y ambos partieron.

Cuando llegaron, llamaron a la puerta y el Pamp..., digo Luis, les abrió.

—¡Qué alegría! Pasa, pasa, Poliche —dijo llevándolo al jardín.

Y entonces, como por encanto, Luis y el abuelo desaparecieron.

Poliche no comprendía nada. Una mesa estaba preparada con veinte tazas y veinte platos, pero en el jardín sólo estaba Carlos.

—¡Hola! ¿Sabes tú algo? —dijo éste señalando la mesa.

—No —contestó Poliche, que empezaba a amoscarse.

«Mira que si Luis se había vuelto malo otra vez, mira que si eso era una trampa...»

—¿Qué piensas? —preguntó Carlos.

Pero Poliche no tuvo tiempo de contestar, porque en ese momento apareció Anacleta vestida con un delantalito rosa y saltando a la comba. Detrás iba el abuelo vestido de marinero y con el pelo pintado de negro, igualito al niño de la foto. Luego venían Luis y doña Rufina (esta última con un aro) y el alcalde, y don Luciano y otras cuantas personas más, todos vestidos con trajecitos cortos de alegres colores, y se pusieron a jugar al corro, la mar de retozones.

Poliche y Carlos estaban pasmados. Fue Carlos el primero en reaccionar:

—¡Ja, ja, ja! —soltó la carcajada con gran estruendo.

A Poliche se le contagió la risa.

—Ja, ja, ja —reían los dos.

«Los otros niños» se les acercaron.

—¿A qué jugamos?

Pero ni Carlos ni Poliche podían contestar de tanta risa que tenían.

—Estos niños son tontos —aseguró «Rufinita»—. Juguemos nosotros.

—Eso, vamos a subir una montaña a saltos —dijo «Luisito».

—Ni hablar, yo prefiero jugar a que estamos en la luna —contestó «Agapitito».

—Estos dos siguen igual —aseguró «Anacletita»—. Peleándose todo el rato.

Pero Poliche y Carlos dejaron de reírse tanto y empezaron a proponer juegos. Jugaron muchísimo, hicieron concursos y todos se divirtieron la mar.

Luego se sentaron a merendar, y debajo de la servilleta de Poliche apareció un par de patines, y otro debajo de la de Carlos, lo cual estaba muy bien; y ambos se pusieron contentísimos. Pero resultó que debajo de la de Anacleta aparecieron sus zapatillas, y de la de doña Rufina su cepillo de dientes, y de la de don Pascual unos calcetines que había perdido hacía tiempo, y así sucesivamente.

La sorpresa fue general, y todos los ojos se clavaron en Luis. Poliche tembló.

—Aquí se puede armar otra como la del matorral —pensó.

Pero entonces el abuelo gritó:

—¡Viva el Pampinoplas arrepentido!

—¡Viva, viva! —se apresuró a chillar Poliche—. ¡Viva, viva! —siguió gritando para ver si los otros se animaban.

—¡Viva! —chilló por fin Anacleta, muy flojito.

Pero después fue el alcalde el que dijo: «Viva», ya más fuerte, y después de él todos se decidieron y gritaron:

—¡Viva!

Y Luis se puso muy contento, y Poliche respiró tranquilo, porque hubiera sido una pena que dieran otra paliza a Luis. ¡Con lo bien que le curaron y la de tiritas que le pusieron entre el abuelo y él!

—¡Y viva Poliche, gracias al cual el Pampinoplas se arrepintió! —gritó entonces Luis.

—¡Viva! —gritaron todos sin dudarlo.

Poliche se puso colorado, y miró a su abuelo, y vio que estaba más orgulloso que un pavo (real, naturalmente).

12. Don Felipito

Y EN ese preciso momento, cuando todos estaban contentísimos y dispuestos a jugar otra vez, apareció don Felipito vestido con unos bombachos cortos, una camiseta a cuadros de cuando era pequeño, que le estaba estrechísima, y en la mano el garrote.

—¡Quisiera yo saber por qué no se me ha convidado a esta fiesta!

—¡Ay! —gritó Poliche.

Pero el que más se asustó fue Luis, que se metió debajo de la mesa y no quería salir.

Don Felipito no dijo nada, se dirigió a la mesa y empezó a comer todo lo que había sobrado. Los demás no hacían más que mirarle.

—¡Vaya fiesta de sorpresas! —comentó «Anacletita» por lo bajo.

—Me alegra que hayas venido —dijo el abuelo—. No es bueno estar solo siempre. Hay que hablar con los demás... ¡No, no, cuando hayas tragado! —añadió deprisa, pues don Felipito, que tenía la boca llena, le dirigió una furiosa mirada.

Y en esto, Luis tiró de los pantalones al abuelo, y éste también desapareció debajo de la mesa.

—¿A qué jugamos? —dijo Poliche, que se estaba cansando de ver comer a don Felipito.

—A *tú la llevas*. Yo me quedo —dijo don Felipito limpiándose la boca.

Levantó el garrote y...

—¡Ay! —dijeron todos echando a correr.

—Se da con la mano, se da con la mano —decía el alcalde, intentando poner orden.

—Toma, por sabihondo —y don Felipito le dio con el garrote—. Ahora te quedas tú.

Tan entretenidos estaban jugando, que sólo se dieron cuenta de que el abuelo y Luis se habían ido, cuando volvieron a entrar.

—¡Este es el regalo del antiguo Pampinoplas para don Felipito! —gritó Luis, levantando con la mano un matamoscas.

—¿Eh? —dijo don Felipito dejando de correr—. ¿A ver? —dijo soltando el garrote y agarrando el matamoscas—. ¡Huy! —dijo levantándolo y matando a un inocente mosquito que tuvo la mala ocurrencia de pasar por ahí—. Pues no está mal el invento.

—¡Viva don Felipito, que dio una paliza al malo del Pampinoplas y ahora va a dar un abrazo al bueno de Luis!

—¡Viva!

Y como don Felipito dudaba, fue el alcalde, que no había olvidado lo del garrote, y le dio tal empujón, que fue a caer de bruces en los brazos de Luis.

Una ovación acogió este acto de amistad.

Don Felipito miró a todos, y luego se echó a reír (en parte, hay que reconocerlo, porque lo del matamoscas le había puesto muy contento).

—Pues es verdad —dijo—, es muy aburrido estar solo. Voy a venir por aquí de vez en cuando.

El alcalde tembló.

Al final de la reunión habían acordado que todos los lunes, don Felipito iría a casa de Luis, y que los miércoles Luis iría a ver a don Felipito, y que los viernes irían los dos a ver al abuelo, y que el abuelo, que era muy independiente, iría a verles a ellos cuando le diera la gana.

13. *Las visitas*

LLEGO el viernes —que, como suele venir después del jueves, fue el día siguiente—, y el abuelo se puso nervioso porque iba a ir don Felipito a su casa.

Se levantó a las cinco, creyendo que eran las diez, se vistió y se quedó dormido en una butaca, esperando a su nieto para desayunar.

—¡Perezoso! —le dijo a Poliche cuando bajó horas más tarde.

—¡Pero si son las nueve!

—¡Quiá!, con la de tiempo que llevo soñando que don Felipito me tiraba de las orejas.

En esto, el reloj de la cocina empezó a dar las horas.

—¡Cuenta, cuenta! —dijo Poliche.

Pero el abuelo, como estaba nervioso, se equivocaba y tenía que volver a empezar. Al final no sé cómo se las arregló que contó treinta y tres.

—¡Son las nueve! —aseguró Poliche.

—Bueno, a desayunar —dijo don Agapito.

—¡Pero si te has puesto los zapatos al revés!

—¿Sí? Ya decía yo que me dolía la cabeza, digo los pies.

¡Verdaderamente el abuelo no daba pie con bola! Poliche no lo comprendía.

—No sé por qué te pones así.

—¿Cómo me pongo? —dijo el abuelo equivocándose y metiéndose en la boca la servilleta en vez del pan.

Poliche decidió no salir ese día y quedarse vigilando a su abuelo. A éste le dio por la limpieza, así que entre los dos sacaron el polvo a la casa, rompieron la pata de una mesa, dieron brillo al suelo, tiraron al suelo dos jarrones (el uno se rompió y el otro no) y pusieron flores en el que les quedó. Luego el abuelo se puso de mal humor porque Poliche se había terminado una tarta de ciruela el día anterior.

—¡Tú también comiste! —protestó Poliche—. Además, podemos hacer otra.

Así que hicieron una tarta y, para que la cosa pareciera más natural, el abuelo partió dos trozos.

—¡Trágatelo, trágatelo! —decía el abuelo a Poliche, a quien había dado uno—, ¡que van a llegar y nos van a pescar comiendo!

—¡Si es que quema! —protestaba Poliche.

—No importa, mírame a mí.

Y el abuelo se tragó un bocado enorme, se atragantó y empezó a toser de tal manera que Poliche se asustó, y como no se le pasaba dándole golpes en la espalda ni subiéndole los brazos, llenó un jarro de agua y se lo tiró encima. El abuelo dejó de toser.

—¡Cómo me has puesto, pilluelo! —dijo.

—Es que si no, te ahogabas.

El abuelo se fue a cambiar. Volvió nerviosísimo y ¡otra vez con los zapatos al revés!

—No vienen, no vienen —decía mientras a indicación de Poliche se cambiaba los zapatos.

Pero sí que llegaron: el Pampinoplas en su carro tirado por las cuatro cabras lecheras, y don Felipito en un autobús de dos pisos que había quedado abandonado a la puerta del ayuntamiento de Repazote, y al que había estado toda la mañana engrasando y poniendo a punto para su nueva vida social.

Enseguida se entabló una conversación animadísima. En cuanto Luis decía una cosa, don Felipito decía la contraria. Fuera de la casa, las cabras también discutían entre sí, haciendo una música de fondo muy agradable,

y Poliche jugaba a que era el conductor del autobús. En fin, que todo estaba saliendo perfecto.

En esto, Poliche oyó decir al abuelo:

—Voy a ver lo que tengo para ofreceros. ¡Se me había olvidado que veníais!

Y Poliche entró en casa a tomar un trozo de tarta, que ya estaría fría. Las cuatro cabras lecheras le siguieron, arrastrando el carro.

—¡Fuera de aquí! —les ordenó Luis al verlas en el comedor.

Y las cabras salieron con la cabeza gacha. Se ve que estaban muy bien amaestradas. El abuelo partió la tarta con muy buen pulso. Ya estaba tranquilo.

Poliche pidió un segundo pedazo y salió a repartirlo entre las cabras, pero resultó que a éstas no les gustó y se lo dio a las hormigas.

—¡A las moscas sólo se las debe matar en defensa propia!

—¡Y a las ratas también! Pero

hay gente tan cobarde que sale corriendo.

Se oía discutir desde fuera a Luis y a don Felipito.

Luego fue muy divertido verles partir. El autobús, como hacía mucho que no andaba y don Felipito conducía muy mal, pues daba muchos resoplidos y respingos. Parecía que iba bailando.

—¡Jesús, qué día! —dijo el abuelo cuando ya se sentaron a cenar—. ¡Qué jaleo!

Poliche se reía.

—A lo mejor preferías que no vinieran.

El abuelo reflexionó.

—Pues no. Ya ves tú por dónde, me alegro de que vengan.

Al cabo de unos días, por la mañana temprano, llegó Recaredo (que no es igual que un recadero) a venderle miel al abuelo como todos los años. Y, ¡qué casualidad!, también traía un recado (que no es igual que un recargo): Carlos iba a ir esa tarde a jugar con

Poliche, y Poliche se puso nervioso, y se vistió con la chaqueta al revés.

Ahora era el abuelo el que se reía.

—Vaya, yo creía que tú, educado en la ciudad, tendrías mucho mundo y no te pondrían nervioso esas cosas.

Poliche se picó y salió a explorar con la bicicleta, como un día normal. Pero después de chocar contra un árbol y caerse a un barranco, decidió volver a casa.

—¿Pero ya estás aquí, Marco Polo? —dijo el abuelo con mucha guasa—. ¡Y yo que te creía por las selvas vírgenes! Bueno, me alegro —añadió sacando una tarta del horno—, así tomaremos un trozo cada uno. —Y guiñando un ojo—: Ya sabes, para disimular.

—¿Pero no quedaba tarta de ciruela?

—No, me la acabé yo anoche —dijo el abuelo algo turbado.

Y Poliche se volvió a quemar.

Carlos llegó en el autobús de las cuatro. El y Poliche estuvieron toda la tarde jugando a los trenes con un tronco de árbol caído. Cuando, ya tarde, Carlos quiso ponerse la chaqueta, no la encontró.

—¿Habrá sido el Pampinoplas?

—¡Qué va! —contestó Poliche.

—Entonces, ¿dónde está?

—Buscad por los árboles, buscad por los árboles —chillaba el abuelo con mucho nervio.

Así que se pusieron a buscar por los árboles y apareció la chaqueta. El viento la debía de haber colocado allí.

Dos ramas se habían metido por las mangas y ajustaba perfectamente.

Poliche soltó la carcajada.

—¡Parece un espantapájaros! —dijo.

—¡Un árbol con chaqueta! —rió Carlos.

El abuelo les miraba como si fueran tontos.

—Es el ángel de los nacimientos —dijo al fin.

Y de repente, Poliche sospechó algo.

—Abuelo, ¿no la habrás colocado tú? —preguntó.

Pero el abuelo se metió en casa muy enfadado y no quiso contestar.

Estaba cambiando don Agapito desde que encontró a su antiguo amigo Luis.

14. ¡Hasta pronto!

COMO se iba el tiempo! Entre patinar, ir en bici, merendar en casa de Carlos y jugar a tres en raya con el abuelo, es que Poliche no daba abasto.

Don Felipito y Luis continuaron yendo los viernes a casa del abuelo, pero don Agapito ya no se ponía nervioso, ni tampoco Poliche cuando iba Carlos. Ya tenían confianza. El mapa de las exploraciones ya estaba acabado. En él se veía un campo muy verde y floreado y, justo en el medio, la casa del abuelo (así que la madre de Poliche tenía razón). También, en un

rincón a la derecha, se veía un matorral del revés: era el antiguo escondite
del Pampinoplas. Pueblos no había
ninguno, porque ésos (Poliche estaba
seguro) ya habían sido descubiertos.
Era en los pueblos donde el mapa se
acababa.

En el tiempo que llevaba viviendo
con el abuelo, Poliche había aprendido a querer a los pájaros, a coserse los
botones que se caían, a perdonar con
paciencia las patadas recibidas, a hacerse y deshacerse los nudos de los
zapatos, a andar a la pata coja, a gui-
ñar el ojo izquierdo, a defenderse del
Pampinoplas y demás bichos malos.
(¿No os he contado que un gallo le
quiso picar y él lo asustó cantando a
voz en grito el himno nacional?).

Además, también entendía lo que el
agua iba diciendo río abajo. Al principio era el abuelo el que traducía:

—¿Oyes, Poliche, cómo se ríe el
agua? Es porque esa paloma negra
que ha venido a beber, se ha pasado la
noche bajo la luna para ver si se vol-

94

vía blanca como su hermana. En cambio, su hermana está ahora tomando el sol para ver si se pone tan morena como ella, porque le gustan más las plumas negras.

Pero luego Poliche lo entendía todo él solo. Y también comprendía lo que contaban los granitos de polvo que flotaban al sol:

—Yo he sido la torre de ese castillo en ruinas. —decían—. Muchísimos pájaros me escogían para hacer sus nidos, pero de vez en cuando subía un mozalbete zangolotino, se ponía a tocar la trompeta y los espantaba a todos. ¡Me daba una rabia!

—Pues yo he sido la armadura de un guerrero. He estado en la batalla de Lepanto y no consentí que ninguna espada me atravesara. ¡Qué días tan gloriosos! Pero luego me olvidaron y estuve mucho tiempo abandonada en un descampado, hasta que un día me fundieron y me convertí en una lata de sardinas. ¡Uf! no lo quiero ni pensar: llegó una señora con un abrelatas y me partió a la primera. ¡Todavía me dura el trauma!

—Pues yo iba de un sitio a otro, y luego a otro. ¿Adivinas lo que era?

—¡Una maleta! —contestó Poliche.

—¡Qué va!, a la maleta la llevan a cuestas. ¡Yo rodaba!

—¡Un tren!

—¡Jesús, qué disparate! ¡Es que ni parecido! Yo a veces saltaba y la gente me aplaudía.

—Me rindo —dijo Poliche.

—Un balón de reglamento.

También podía decir lo que el fuego bailaba en cada momento, pero en eso él y el abuelo no solían estar de acuerdo. Poliche decía a veces que el fuego bailaba *El lago de los cisnes,* como lo hicieron las niñas del colegio de su hermana en una fiesta, sólo que mejor (en el colegio una se cayó). Otras, un baile que vio bailar en un teatro al que fue con su madre. Pero el abuelo siempre le interrumpía:

—No te has fijado bien, lo que baila es la jota. Mira, mira cómo brinca.

Y mientras, muy despacito, sin hacer ruido, el tiempo pasaba y pasaba.

Y un día, un coche paró a la puerta de la casa del abuelo. Era la madre de Poliche que venía por él.

—¡Tan pronto! —exclamó Poliche.

—¿Pronto y llevas no sé la de días fuera de casa?

El abuelo empezó a meter las cosas de Poliche en el coche.

—¿Dónde ponemos la bicicleta? —preguntó.

A Poliche se le hizo un nudo en la garganta.

—Déjala aquí, voy a volver enseguida—aseguró Poliche—. Además, así la puedes usar tú para ver a tu amigo Luis y a don Felipito, que ya no son tan brutispáticos.

—¿Pero qué dice este niño? —preguntó la madre.

El abuelo se hizo el tonto.

—Has engordado, Justina —dijo para disimular.

—¿Yo? —contestó la madre—. ¡Qué va!

Ya estaba todo preparado y Poliche se montó en el coche. Al abuelo se le nublaron los ojos, y Poliche, que no era tan discreto, se puso a llorar a gritos:

—¡Volveré, abuelo, volveré!

—Sí —dijo la madre, que era la única que no lloraba—, queda prometido: al fin de semana que viene le vuelvo a traer.

El coche arrancó y se perdió de vista. Los ojos del abuelo seguían nublados, pero sus labios sonreían.

Al pasar cerca del pueblo, a Poliche le pareció ver un pañuelo blanco que se agitaba diciéndole adiós. Debía de ser el Pampinoplas.

CONTENIDO

EL BARCO DE VAPOR

Series

Blanca **(B):** Para primeros lectores.
Azul **(A):** A partir de 7 años.
Naranja **(N):** A partir de 9 años.
Roja **(R):** A partir de 12 años.